AUX PARENTS

Lisez tout haut avec votre enfant

Des recherches ont révélé que la lecture à voix haute est le meilleur soutien que les parents puissent apporter à l'enfant qui apprend à lire.

- Lisez avec dynamisme. Plus vous êtes enthousiaste, plus votre enfant aimera le livre.
- Lisez en suivant avec votre doigt sous la ligne, pour montrer que c'est le texte qui raconte l'histoire.
- Donnez à l'enfant tout le temps voulu pour examiner de près les illustrations; encouragez-le à remarquer des détails dans les illustrations.
- Invitez votre enfant à dire avec vous les phrases qui se répètent dans le texte.
- Établissez un lien entre des événements du livre et des événements semblables de la vie quotidienne.
- Si votre enfant pose une question, interrompez votre lecture et répondez-lui. Le livre peut être une façon d'en savoir davantage sur ce que pense votre enfant.

Écoutez votre enfant lire tout haut

Pour que votre enfant poursuive ses efforts dans l'apprentissage de la lecture, il est indispensable de lui montrer que vous le soutenez, en lui accordant votre attention et vos encouragements.

- Si votre enfant apprend à lire et demande comment se prononce un mot, répondez-lui immédiatement pour ne pas interrompre le fil de l'histoire. NE DEMANDEZ PAS à votre enfant de répéter le mot après vous.
- Par ailleurs, si votre enfant le répète de lui-même, ne l'empêchez pas de le faire.
- Si votre enfant lit à voix haute et remplace un mot par un autre, écoutez bien pour surveiller si le sens est le même. Par exemple, s'il dit «chemin» plutôt que «route», l'enfant a conservé la bonne signification. N'interrompez pas sa lecture pour le corriger.
- Si la substitution ne respecte pas le sens (par exemple, si l'enfant dit «noire» au lieu de «poire»), demandez à l'enfant de lire la phrase de nouveau parce que vous n'êtes pas sûr d'avoir bien compris ce qu'il a lu.
- L'important, c'est d'avoir autant de plaisir que l'enfant à le voir maîtriser de plus en plus le texte et, surtout, de l'encourager encore et encore. Vous êtes le premier professeur de votre enfant — et celui qui a le plus d'importance. Vos encouragements sont ce qui déterminera si l'enfant voudra prendre des risques et aller plus loin dans l'apprentissage de la lecture.

— Priscilla Lynch, Ph D.
Conseillère en pédagogie,
ity

À Jordan,
  G. M.

À Taylor Duffy et Austin Geary,
pour les consoler s'ils ont la varicelle,
  B.L.

J'ai la varicelle!

Copyright © Grace Maccarone, 1992, pour le texte. Copyright © Betsy Lewin, 1992, pour les illustratio
Copyright © Les éditions Scholastic, 1997, pour le texte français. Tous droits réservés.

Pour toute information concernant les droits, s'adresser à Scholastic Inc.,
555 Broadway, New York, NY 10012.

ISBN 0-590-70453-2

Titre original : Itchy, Itchy Chicken Pox

Édition publiée par Les éditions Scholastic,
123, Newkirk Road, Richmond Hill (Ontario) L4C 3G5.

5 4 3 2 1   Imprimé aux États-Unis   8 9/9

J'ai la varicelle!

Texte de Grace Maccarone
Illustrations de Betsy Lewin
Texte français de Lucie Duchesne

Je peux lire! — Niveau 1

Les éditions Scholastic

Un petit bouton.

Un deuxième petit bouton.

Un troisième petit bouton.

Oh! oh!
C'est la varicelle!

Des petits boutons partout.
Dans mon cou...

... sur mon front
et sous mon pantalon.

Je ne dois pas
me gratter,

sinon ça va encore
plus piquer.

Des boutons sur mon
ventre, sur mes pieds,

dans mon dos
et même sur mon nez!

Maman me met
de la lotion.
Je me sens soulagé.

Mais ça recommence
bientôt à piquer.

Un bouton ici,
un bouton là.
Un autre ici
et un autre là.

Papa essaie de les compter, mais il n'y arrive pas.

Ça pique tout le temps...

... même si je me
sauve en courant.

Mon canard de caoutchouc
n'a pas l'air d'aimer cette
drôle de mousse à la farine
d'avoine. Mais maman dit
que c'est bon pour moi.

Je dors.

Je lis.

Je mange.

Je joue.

Je me sens mieux
aujourd'hui.

Tiens...
plus de boutons!
Youpi!

Je suis guéri!
Je retourne
à l'école aujourd'hui!